AF300074

L'OISEAU
MOQUEUR

SUR UNE

BRANCHE DE HOUX

PAR

ABDON DUCLEUT

ÉTUDIANT

L'OISEAU MOQUEUR. — Lorsqu'il entend chanter un autre oiseau, il l'imite sur un ton plus élevé jusqu'à ce qu'il l'ait forcé à se taire.
— Cap. MAYNE REID. —

PRIX : UN FRANC

PARIS

LEDOYEN, LIBRAIRE-ÉDITEUR

GALERIE D'ORLEANS, PALAIS-ROYAL, 31.

MDCCCLVII

L'OISEAU MOQUEUR

LA REPRODUCTION

Partielle

EST AUTORISÉE POUR TOUS LES JOURNAUX.

Paris, Typ. Moquet, rue de la Harpe, 92.

L'OISEAU
MOQUEUR

SUR UNE

BRANCHE DE HOUX

PAR

ABDON DUCLEUT

ÉTUDIANT

L'OISEAU MOQUEUR. — Lorsqu'il entend chanter un autre oiseau, il l'imite sur un ton plus élevé jusqu'à ce qu'il l'ait forcé à se taire.

— Cap. MAYNE REID. —

PARIS

LEDOYEN, LIBRAIRE-ÉDITEUR

GALERIE D'ORLÉANS, PALAIS-ROYAL, 31.

MDCCCLVII

BRANCHE DE HOUX.

On va s'imaginer que c'est une préface,
Moi qui n'en lis jamais -- ni vous non plus, je crois.

A. de MUSSET.

Appelle avait exposé à Athènes sa Vénus Anadyomède, belle de son éclatante nudité. Un rapin fanfaron osa placer à côté de l'œuvre du maître une autre Vénus, mais tellement chamarrée de parures et de riches ornements, que la déesse disparaissait sous ce vain ramassis d'oripeaux. Appelle jeta un regard de dédain sur ce tableau ridicule, et dit au barbouilleur :— « Ne sachant faire Vénus belle, tu l'as faite riche. »

Ce mot pourrait, ce nous semble, s'appli-
quer, avec quelque justesse, à certaines œuvres littéraires que nous voyons cependant
admirées et prônées partout avec un achar-
nement difficile à expliquer. Nous voulons
parler de ces pièces légères, très-légères, dont
les auteurs semblent avoir oublié que toute
poésie est dans le sentiment et dans l'idée,
pour ne s'attacher qu'à une vaine ornemen-
tation dont l'abus dépare la pensée au lieu
de l'embellir, — quand toutefois ces ballons
renferment une pensée ; car la plupart res-
semblent à ces froides statues que vous pouvez voir derrière les vitrines d'un coiffeur.
De loin, le front est large et bien fait, les
sourcils bien arqués, les cils longs et recour-
bés, la bouche rose, l'oreille admirablement
modelée ; la chevelure est luxuriante, tressée
avec art et mêlée de perles fausses ; les
épaules sont blanches et potelées : cette femme
est belle ; mais approchez-vous, posez votre

main sur cette peau satinée et presque transparente, et vous vous apercevrez qu'il ne manque à ce prodige de beauté qu'une seule chose : — Une âme.

Certes, l'artiste qui a su modeler ce corps sans vie n'est pas sans quelque mérite, mais demandez-lui ce qu'il est, il vous répondra : Modeleur. Il n'aura pas la prétention de se poser en Créateur. Eh bien ! autant il y a loin du Créateur dont la volonté seule peut donner à son œuvre une âme qui sent, qui pense et qui aime, à cet artiste qui s'arrête impuissant à animer sa statue ; autant il y a loin du poète au versificateur.

Le poète, lui, crée, car il anime sa création. La plupart du temps il dédaigne les ornements futiles ; il sait bien que rien n'est plus beau que la simplicité. Mais le versificateur, simple ciseleur de mots, ne pouvant donner une âme à ce qu'il fait, cherche avec soin ce qui peut en imposer au lecteur ; il couvre de pied en cap un mannequin de colliers, de bagues et de bracelets, et le public badaud admire bravement les diamants et les perles, sans se demander si le corps caché dessous est digne d'une telle parure. D'ailleurs, s'il examinait avec plus de soin, il reconnaîtrait bientôt que la plupart de ces pierres précieuses sont fausses. Mais il lui faut du temps pour cela, et justice finit toujours par être faite tôt ou tard. L'œuvre vivante, l'œuvre du poète, souvent méconnue de prime abord, va rayonner sur la postérité, tandis que celui qui danse sur la corde raide de la versification, voit ses éblouissantes statuettes briller, étonner pendant quelques années, perdre peu à peu leur éclat et tomber ensuite dans un oubli bien mérité.

Encore si l'exécution de ces tours de force apparents présentait quelque difficulté ! mais non, rien n'est plus simple. N'allez point m'accuser de paradoxe : prévoyant le cas, j'ai cru devoir appuyer mon assertion d'une démonstration directe. Si vous voulez bien tourner quelques feuillets de ce petit volume vous trouverez une douzaine de bluettes que j'ai composées sur des rhythmes de plus en plus excentriques. Quelques uns sont, vous l'avouerez avec moi, d'une difficulté apparente très grande ; il en est de ceci comme des poids de cinquante kilos que soulèvent à bras tendu les baladins de la place publique. Vous vous étonnez à les voir, et criez presque au miracle ; mais entrez dans le cercle et essayez vos forces, vous reconnaîtrez bientôt que les poids sont creux, et que vous pouvez les soulever avec autant de facilité que tel hercule que vous admiriez tout à l'heure de confiance.

Donc, ami lecteur, ne vous en laissez pas imposer par ces bâtons flottants de versification :

De loin c'est quelque chose, et de près, ce n'est rien.

Pour mieux vous convaincre, essayez, et

nous vous garantissons un succès d'autant plus facile que nous l'avons obtenu, nous qui sommes, je vous le jure, le dernier des ignorants de lettres ; et encore nous sommes-nous volontairement gêné, en tâchant d'être toujours facilement compris.

Choisissez le rhythme le plus extraordinaire que vous pourrez imaginer, enchevêtrez vos rimes d'une manière imprévue, cherchez toutes les difficultés possibles et marchez. Vous vous sortirez toujours d'affaire, car vous avez droit à toutes les licences. Êtes-vous gêné ? ajoutez une cheville, n'eût-elle pas la moindre raison d'être, fût-elle un non sens. Faites la phrase à demi, coupez-la en deux sans hésiter ; que la préposition soit à la fin du premier vers et le mot régi au commencement du second ; tranchez même un mot en deux pour en rejeter la seconde moitié au vers suivant, et si quelqu'un vous jette la pierre, étonnez-vous. Surtout, je

vous recommande l'interjection et l'exclamation. L'exclamation maniée avec adresse
vous dépêtrera de partout. Vous ne vous
doutez pas de tout le parti qu'on peut tirer
d'un Oh ! ou d'un Ah ! suivi de tout ce que
vous voudrez. Que la rime soit riche, le vers
bien nuageux, et tout ira bien. On appelle
nuageux, un vers composé de mots redondants
qui ont l'air de dire quelque chose et qui, en
somme, ne signifient rien. Une chose que je
vous recommande encore , quel que soit le
sujet que vous traitiez (si toutefois vous avez
un sujet, ce qui n'est pas nécessaire) employez
tous les termes techniques qui vous tomberont
sous la main : vous ne les comprenez pas,
dites-vous ; ô naïveté ! le public qui ne les
comprend pas non plus vous prendra pour
un homme très fort; il admirera, et répétera
le mot du paysan après le sermon du curé :
« Ceci doit être très beau, car je n'y com-
prends rien. » Ce procédé s'applique avec un

égal succès à la prose ainsi que celui de la couleur locale. *La couleur locale ! Beaucoup de couleur locale ! on n'en saurait trop faire. Ajoutez que rien n'est plus facile : on a un dictionnaire anglais, espagnol, allemand, on en ouvre un, le dictionnaire anglais, par exemple, et l'on bâtit ainsi une phrase :*

Il se promenait dans la street, *lorsqu'il entendit un grand bruit dans une maison voisine ; curieux, il entra. C'était un* public-house *; des* workman *attablés s'enivraient de toute espèce de* spirits *, etc., etc.*

Faites-en autant, et à l'aide de tous ces procédés réunis, vous serez tout étonné d'avoir commis en moins de rien quelques uns de ces claquets à rime qui ont tant de vogue aujourd'hui, colifichets sans poésie dans lesquels on chercherait vainement une pensée. Vous intitulerez votre méfait d'une manière un peu excentrique, comme Perles *et* Mosaï-ques *;* Odelines *ou* Pantalonnades, *et vous* obtiendrez un succès fou, si toutefois vous avez beaucoup d'amis au rez-de-chaussée des feuilles publiques.

En résumé, aujourd'hui que tout tend à se matérialiser autour de nous, nous voyons avec une profonde douleur la poésie suivre la même voie. La forme va l'emporter sur le fond, la rime sur la pensée. Nous craignons d'être forcé de croire bientôt à cette triste prophétie qu'ont déjà jetée quelques pessimistes : « La poésie s'en va. » Nous espérions que le bon sens de tous guidé par une critique éclairée, triompherait de cet envahissement du mauvais goût. Mais, que venons-nous de voir ? un auteur auquel des tours de gobelet ont presque fait un nom, s'avise de recueillir en un volume tout ce que son humeur fantasque a pu élucubrer depuis dix ans ! des triolets sans sel, qu'il a conservés dix ans sans avoir eu le temps de les trouver mauvais, des rondeaux, des virelais, jusqu'au chant royal! tous les genres de pièces estimés il y a des siècles, et que le bon goût a balayés depuis longtemps ; le tout très richement rimé, mais vide d'esprit et de sens. Et lorsqu'elle a à juger de pareilles turlupinades, la Critique, qui devrait tout peser à la même balance, amis et ennemis, la Critique qui devrait, aiguillon vivant, marcher à côté de la littérature pour la maintenir dans la bonne voie, la Critique s'enthousiasme et crie au miracle! à la difficulté vaincue! On a même, je crois, prononcé le mot de Poésie à propos de ces lignes mesurées et rimées, dignes tout au plus d'un rhétoricien !

Et nous, voyant cela, nous nous sommes laissés mordre par une juste colère, et nous avons jeté au vent cette boutade. Notre but est de démontrer que, puisque nous, premier venu, à peine échappé des bancs de l'école, nous avons pu, en quelques jours, (je dirai presque improviser près de sept cents vers sur *des rhythmes biscornus, le public ne doit pas croire à cette prétendue difficulté de versifi- cation, ni tenir compte à un auteur de toutes ces pasquinades.*

Arrière donc, arrière versificateurs bala- dins ! car, sachez-le, le rôle du poète n'est pas de venir sur des tréteaux jongler avec des rimes pour ébahir les badauds :

Le poète en des jours impies
Vient préparer des jours meilleurs,
Il est l'homme des utopies ;
Les pieds ici, les yeux ailleurs.
C'est lui qui sur toutes les têtes,
En tout temps, pareil aux prophètes,
Dans sa main où tout peut tenir,
Doit, qu'on l'insulte ou qu'on le loue,
Comme une torche qu'il secoue,
Faire flamboyer l'avenir.

Il voit, quand les peuples végètent ;
Ses rêves, toujours pleins d'amour,
Sont faits des ombres que lui jettent
Les choses qui seront un jour.
On le raille, qu'importe! IL PENSE.

Plus d'une âme inscrit en silence
Ce que la foule n'entend pas.
Il plaint ses comptempteurs frivoles,
Et maint faux sage à ses paroles,
Rit tout haut et pense tout bas.

V. Hugo.

Le sentiment qui nous a poussé à écrire cette préface nous fera pardonner l'acerbité des paroles que nous avons adressées aux Formolâtres. Si quelques unes sont adressées directement à un seul, c'est qu'il est l'homme du moment. Mais, est-il besoin de le dire, notre critique, peut-être un peu dure, ne s'applique qu'aux œuvres, aux œuvres seules ; certes, cette boutade n'aurait jamais vu le jour, si nous avions cru que sous l'écrivain elle put atteindre l'homme. D'ailleurs tout le monde peut comprendre, et M. de Banville ne s'y trompera pas, que sous ces quelques lignes se débat une question d'art, la plus grande peut-être qui ait jamais été posée, sans en excepter la querelle du Romantique et du Classique. Une lutte sourde s'est enga-gagée entre la Forme *et la* Pensée *; entre la* Versification *et la* Poésie. *Chaque jour, la* Forme *recrute des alliés parmi les jeunes gens qui font leurs premières armes, et dont quelques uns seront un jour des puissances. Voilà pourquoi nous avons voulu essayer d'amener le combat au grand jour.*

Autrefois, dans les cirques romains, des jeunes gladiateurs encore malhabiles ve-naient avec des épées de bois préluder aux combats sanglants des vrais champions. De *même nous, aujourd'hui, humble conscrit armé d'une* branche de houx, *après avoir en vain frappé dans le vide à grands coups de notre arme impuissante, nous sommes prêts à abandonner la lice et à rentrer dans l'ombre; mais nous espérons que notre appel sera entendu, et que les poètes puissants, les vrais gladiateurs de la pensée vont après nous descendre dans l'arène, et délivrer la*

2

poésie des entraves dorées que voudraient lui imposer l'afféterie et le mauvais goût.

Quant aux quelques vers qui suivent cette préface, nous prions le lecteur de ne pas oublier que nous sommes, non poète, mais tout au plus versificateur, comme peut le devenir tout homme intelligent.

Nascuntur poetæ, fiunt versificatores.

17 Mars.

A D.

ODELINES

PROLOGUE

A mon ami A. Pradines.

Ami ! nous qui pensons, comme jadis Appelle,
Que nue et sans atours la Muse est assez belle
Pour pouvoir se passer de vains colifichets !
Nous ! nous qui préférons la musique à l'archet !
Qui ne nous laissons pas prendre à la vaine amorce
D'un saut sur le tremplin ou d'un faux tour de force !
Qui, gens de mauvais goût ! avons toujours aimé
Un vers même un peu dur, fût-il très mal rimé,
Lorsqu'en son sein rugit ou pleure une pensée
Au luth d'airain ou d'or, hardîment cadencée !
Nous ! poètes de cœur, sinon par l'esprit ! Nous !
Qui n'osons adorer la Muse qu'à genoux !
La laisserons-nous donc violer par la horde
De ces clowns effrontés qui, sautant sur la corde,
Osent, pour balancier ayant l'imbroglio,
Parodier les chants d'un homme ! de Hugo !
Et ne pouvant monter jusqu'au front du colosse,

Glapissent à ses pieds, criquets à la voix fausse !
Non ! puisque la critique a reculé partout,
Apostate prêtresse !... alors, à nous ! debout !

. . . .

Prends dans les rudes mains de l'antique Archiloque
      L'Iambe inégal et cinglant ;
De tous ces baladins houspille la défroque,
      Tant, que le fouet en soit sanglant !

. . . .

Ou sur les douze pieds de la satire amère,
Poursuis ton *Fiat lux.* — Debout ! alerte ! frère !
Et comme Juvénal, quoiqu'en disent les sots,
Mesure un large vers, sans mesurer les mots.
Moi, cependant, plus humble, en rimes ironiques,
Comme l'oiseau moqueur des forêts d'Amérique,
Imitant le sifflet de tout chanteur poussif,
Je dompte un rhythme dur qu'on donne pour rétif.
Rétif !... Pour eux peut-être !... Et maintenant, bataille !

     Moi, pauvre rimeur,
     Souple oiseau moqueur,
        Je raille ;

     Mais, toi, prends en main
     La verge d'airain
        Et fouaille !

ODELINE PREMIÈRE

Au Lecteur.

Mon cher lecteur, Dieu vous conserve ;
Et par dessus tout vous préserve
D'avoir un ami rimailleur.
Le meilleur d'eux est intraitable ;
Mieux vaut être l'ami du diable,
D'un laquais ou d'un grand seigneur.

Je vais tenter de peindre l'homme,
Car, j'en connais un qui m'assomme ;
Mais, moi, pour m'en débarrasser,
S'il me gêne trop, je le paie
De la même fausse monnaie.
J'ai bientôt fait de le lasser.

C'est l'extravagance inédite
Qu'il cherche ; mais l'hétéroclite
Que nul n'ait encore affronté,

Ce n'est pas à trouver commode,
Dans ce siècle où l'on n'est de mode
Qu'avec une excentricité.

Contes, chansons, fables, et même
Sonnet, tragédie ou poème,
Il touche à tout et fait tout beau.
Quelle que soit la folle idée
Impossible, dévergondée
Qui lui traverse le cerveau,

Elle est de lui, partant sublime,
Ce n'est plus qu'affaire de rime,
Et c'est là surtout qu'il est fort.
Cherchez les sons les plus baroques
En ric, en rac, en ruc, en roques,
Il n'a qu'à pousser un ressort.

Faut-il un mot qui rime à — perle ?
Il n'en est qu'un ; cric ! vite un merle
Vient sifflotter dans les cyprès.
Comment diable rimer — absurde ?
Crac ! sous sa plume naît un Kurde
Venu de l'Iran tout exprès.

Va-t-il s'arrêter devant — langue ?
Il court extraire de sa gangue
Un diamant dans le Pérou.
En tout pays il vous promène.
Pour peu que le Français le gêne,
Vive l'Anglais ! *how do you do ?*

Quoi ! grammaire et dictionnaire ?
Tout est permis à qui veut faire
La rime riche ; il coupe en mor-
Ceaux le mot qui le gêne, en somme,
Il a, lui, mainte beauté comme
N'en avait pas ce pauvre Cor-

Neille. Il sue, il souffle, il démène,
Et puis enfin lorsqu'à grand peine
Il a bien limé son forfait,
Confit de fausse modestie,
Il vous consulte, vous supplie
De *corriger* ce qu'il a fait.

Voilà l'écueil ; prenez bien garde !
En tapinois il vous regarde.
Ayez l'air enthousiasmé ;
Le sujet, la strophe et la rime,

3

Trouvez tout pour le moins sublime ;
Si rien par vous était blâmé,

Il acceptera la critique
De son air le plus angélique ;
Mais dès que vous tournez le dos,
Vous n'avez pas passé la porte
Qu'il a dit : — Le Diable l'emporte !
Margaritas ante porcos.

Vous savez ce qu'en dit Horace :
Poètes, irritable race !
(*Gens irritabile vatum* !)
C'est fort bien dit. Mais je m'embrouille,
Et, pauvre rimeur, je bredouille
Sans trouver une rime en *um*

10 Mars.

ODELINE DEUXIÈME

A M. Th. de Banville

Ton rhythme d'effort
A tous semble fort
Habile,

Mais il est peu clair.
Entre nous, mon cher
    Banville ;

En dépit de tout,
La rime est partout
    Très riche ;
Mais la pensée est,
Malgré tant d'apprêt,
    Fort chiche.

Moi, pauvre d'esprit,
Quoiqu'on en ait dit,
    J'estime
Que chacun peut bien
En ne cherchant rien
    Que rime,

Jusqu'à l'infini
Allonger ainsi
    Sa phrase,
Courant en tout sens,
En dépit du sens
    Qu'écrase

Un rythme trop court
Trop dur et qui court
  Sans cesse,
Traînant après lui
Trop souvent l'ennui
  En laisse.

Donc, mon bon, crois-moi,
Pour nous et pour toi,
  Banville,
Laisse de côté
La difficulté
  Facile,

Attrape-nigaud
Qu'admire un badaud.
  Arrête !
Si pour ton malheur
Dieu t'a fait un cœur
  Poète ;

Brise ce faux luth,
Et suivant un but
  Plus grave,

Jette à l'univers
Un plus noble vers ,
   Qui grave

Au cœur du pensant
Un large et puissant
   Poëme.
Sur les vers zéro,
Moi, je dis : haro !
   Quand même.

              10 Mars.

ODELINE TROISIÈME

A mon ami Louis R...

Phœbé, la chaste reine
   Des cieux,
Laisse tomber, sereine,
   Ses feux

Dont le rayon nous lèche
   Si blanc,

Qu'on dirait une flèche
D'argent

Qui s'arrête et se brise
Au mur,
Tremblottante, indécise,
Ou sur

La hideuse gargouille,
Groïn,
Qui grimace et qui grouille
Au coin

De quelque église sombre
Qui dort
Froide, comme dans l'ombre,
La Mort.

Sur notre tête passe,
Sans bruit,
Disparaît et repasse,
Puis fuit

La chauve-souris brune,
Vol lourd,

Indécis, qu'importune
Le jour.

Sous mes pieds froide et nue
S'étend
En silence la rue.
Pourtant

Un pas lourd en cadence,
Uni,
Un et multiple avance...
Ami !

C'est la grave patrouille
Marchant
Par la ville, et qui fouille,
Cherchant

Le maraudeur, l'ivrogne
Debout,
Qui chancelle et se cogne
Partout ;

Ou qui sous les lanternes,
Mi-mort,

Aux portes des tavernes
        S'endort.

Mais la patrouille passe
        Le coin ;
Son pas meurt dans l'espace,
        Au loin.

Tout redevient silence,
        Sans voix ;
Moi seul je rêve, et pense,
        Et vois

Une pauvre fenêtre
        Qui luit,
Où travaille peut-être,
        La nuit,

Quelqu'enfant jeune et belle
        Tissant
Une riche dentelle :

        Veillant

Pour donner à sa mère
        Demain,

Diligente ouvrière,
Du pain.

Quand tout Paris sommeille,
Cœur d'or,
Elle seule, elle veille
Encor ;

Et lorsque sa prunelle,
Œil bleu,
Se ferme malgré elle (1),
A Dieu,

Sous la lueur du cierge
Tremblant
La blanche et pure vierge
Pensant

Avant tout à sa mère,
Sourit,
Fait son humble prière
Et dit :

(1) Nous avons laissé cet hiatus à dessein, convaincus que ces expressions *malgré elle, peu à peu,* etc., doivent être considérées comme faisant un tout et pouvant entrer dans le corps du vers. Alfred de Musset et d'autres, en ont donné l'exemple.

« Garde-la sous ton aîle,
   « Car moi,
« Mon Dieu ! je n'aime qu'elle,
   « Et toi ! »

9 Mars.

ODELINE QUATRIÈME

A Gaston d'A...

Pardonne, si j'ose,
Gaston, d'A....
Quêter un bravo
De ta lèvre rose.

Je vais flagellant
La forme insensée
Qui de la pensée
Arrête l'élan.

Ma verge railleuse
Pour te célébrer,
Change et doit vibrer
Lyre harmonieuse.

D'ici je te vois,
Méchante, sourire...
Mais, qu'allais-je dire !...
J'ai commis, je crois,

Une balourdise :
Méchante ou *méchant ?*
Je ne sais vraiment.
Mais, quoiqu'on en dise,

Dieu t'a tout donné,
Tout, beauté, jeunesse,
Voix enchanteresse,
Génie et bonté.

Mutine et coquette
Au souris moqueur,
Je t'aime chanteur,
Je t'aime poète

Au divin accord
Digne d'un vieux maître;
Et femme... peut-être,
Que je t'aime encor !

Muse blanche et rose,
Oh ! ne rougis pas !
Tu ne connaîtras
Jamais, je suppose,

Ni moi, ni mon nom .
Je fuis, anonyme,
Sous un pseudonyme,
Un trop vain renom.

11 Mars.

ODELINE CINQUIÈME

A mon ami Louis de Laffore.

Ce soir, pour te distraire,
Cher ami,
Voici
Un rythme peu vulgaire.

As-tu vu quelquefois
La fauvette
Coquette,
Folâtre au coin d'un bois,

Et s'ébattant joyeuse,
Au soleil
Vermeil,
Sur la terre poudreuse ?

Elle écoute avec soin,
Attentive,
Craintive,
Si quelque bruit de loin

Vient, porté par la brise ;
Puis avec
Son bec
Lisse sa robe grise.

Elle bondit en l'air,
Se pavane
Et flâne,
Lascive au rayon clair ;

Puis, habile chanteuse,
Modulant,
Perlant,
Sa chanson amoureuse,

4

Elle gonfle sa voix
Où pétille
Le trille
Qui remonte parfois

En roulade coquette
S'élevant.
Le vent
Pour l'écouter s'arrête.

Mais elle entend un bruit,
Et, craintive,
S'esquive
A tire d'aîle et fuit.

Ainsi dans le mystère,
Loin de tous
Les fous,
Ma muse solitaire

S'envole, et chaque jour
Fait la roue,
Se joue
Dans un rayon d'amour.

Et dans ses bras j'oublie,
A sa voix,
Parfois,
Les hommes et la vie...

Mais quelqu'un a heurté !
Muse, passe !
Fais place
A la réalité !

11 Mars.

ODELINE SIXIÈME

A mon ami Th. de B...

Que nous importe à nous,
Les fous !

Que quelque jour la tombe
Retombe

Sur notre crâne mort!..
La mort !

Moi, dans mon ignorance,
Je pense,

Que c'est, je ne sais où,
Un trou ;

Et jamais aucun sage,
Je gage,

N'en put savoir plus long.
Or donc,

Vous qui sondez l'abîme,
J'estime

Que vous n'êtes, d'un mot,
Qu'un sot.

Philosophe intraitable,
Au diable !

Vous et tous vos discours
Peu courts.

Quoi donc ! voir un cadavre
Vous navre !

Flairez des sels !... La mort
Qui mord

Fou, sage, lâche et brave,
Je brave

Son squelette hideux,
Et veux,

Lorsqu'elle viendra prendre
Ma cendre,

Lui faire un pied de nez.
Tenez,

Foin des jérémiades
Trop fades ;

Préférez avec moi
La foi.

Tant que mûrit, vermeille,
La treille ;

Que sautent les bouchons,
Buvons !

Tant que femme nous aime,
Quand même,

Soit anges ou démons,
Aimons !

Tant qu'avec nous s'amuse
La Muse,

Nous tous qui la suivons,
  Rêvons !

Et quant à tout le reste,
  Modeste,

Je m'en rapporte un peu
  À Dieu.

12 Mars.

ODELINE SEPTIÈME

A Emile D...

Morbleu ! je pourrai,
  O rime,
  Te battre !
Ou je briserai
  Ma lime
  En quatre.

Ne cherche, crois-moi,
  Critique,
  Ma piste ;

Je vis loin de toi,
Pudique
Artiste.

Sous un nom d'emprunt,
Modeste
Et sombre,
Fuyant l'importun,
Je reste
Dans l'ombre.

Sur moi, le sais-tu?
Férule
Se casse ;
Je suis plus têtu
Que mule
Tenace.

Et toi, maître, et toi
Que fouette
Ce livre,
Vois! ta muse, à moi,
Coquette,
Se livre.

La disais-tu pas
Craintive,
Front pâle?
Elle est, dans mes bras,
Lascive,
Banale ;

Vierge folle ! front
A ride
Fardée
D'un pathos sans fond,
Mais vide
D'idée.

O rimeur divin
D'énormes
Sottises,
Que voilent en vain
Des formes
Exquises !

J'ai pour moi payé
Ta Muse
A l'heure ;

La belle, à mon gré,
    S'amuse
    Ou pleure ;

Ou d'un ton narquois
    Te gausse,
    Frivole ;
Et jamais, tu vois,
    Ne fausse
    Parole.

Parfois elle mord
    Mon âme
    Ardente,
Dans mes bras se tord,
    Se pâme,
    Et chante

Un rhythme inconnu
    Sur terre
    Encore,
Qui bat son sein nu,
    Tonnerre
    Sonore ;

Et, vers masculin,
En trombe
Se dresse,
Puis, vers féminin,
Retombe
Et cesse.

12 Mars.

ODELINE HUITIÈME

A Théophile Gautier

Au fronton de mon écritoire, (1)
Deux becs de plume ont, depuis hier,
Sur un fond sombre d'encre noire
Juxtaposé leur rêve en fer.

Tu n'as pas bien saisi, peut-être?
Je n'en saurais être surpris :

(1) Dans le fronton d'un temple antique,
  Deux blocs de marbre ont, trois mille ans,
  Sur le fond bleu d'un ciel attique,
  Juxtaposé leurs rêves blancs.
        (Emaux et Camées. — Th. GAUTIER.)

Je l'avoue entre nous, cher maître,
Moi, je ne me suis pas compris.

Ils causaient, comme au temps antique,
Deux blocs de marbre que tu sais,
De mes vers faisant la critique ;
En tapinois, moi, j'écoutais.

Ils s'étonnaient, en leur langage,
Disant : « Cet auteur est bien sot ! »
(Une plume est parfois très sage)
« Parler de ciseleurs de mot !

« Et pas un vers au plus habile !
« Dans cette époque de gâcheurs,
« Le seul artiste, Théophile,
« L'aimable chantre des *blancheurs* !

Car, le fait est incontestable,
Mes becs de plume ont lu tes vers
Souvent égarés sur ma table,
Et flânant à tort, à travers.

J'avais tort ; reçois mon excuse,
Gautier ! ciseleur tout puissant !

Et pardonne à ma folle Muse
De t'égratigner en passant,

Toi, dont l'impayable assurance
Sait faire autorité partout :
Costumes, mœurs, arts et science,
Tu connais tout, tu juges tout.

Il est vrai, s'il faut qu'on le dise,
Que, tandisqu'au hasard tu cours,
Plus d'une grosse balourdise
Émaille tes brillants discours.

N'importe ! sans nulle hyperbole.
Voici ma pensée en un mot :
Monsieur Pic de la Mirandole,
Auprès de toi n'était qu'un sot.

Une venimeuse vipère
Nous a bien dit, t'en souviens-tu ?
Que c'est grâce au dictionnaire
Que rien pour toi n'est inconnu.

Mais, malgré cette calomnie,
Dont, pour ma part, je ne crois rien,

Maître, il faut presque du génie
Pour employer un tel moyen.

Et pour oser à notre barbe
Nous gausser avec tant d'aplomb,
Il faut, sous le soleil de Tarbe,
Avoir sucé du lait gascon.

C'est pourquoi, moi, bon patriote,
Pour l'honneur de notre beau ciel,
Des deux mains, *Diou biban !* je vote
Pour qu'un jour tu sois *Immortel*.

14 Mars,

ODELINE NEUVIÈME

A mon ami L. Mérandon.

Oh! pauvre race humaine !
Myrmidons, race naine,
Si burlesque et si vaine !
Quel est celui de nous
Qui, plein de confiance
En lui-même, ne pense

5

Qu'il est sage, et n'avance
Que les autres sont fous?...

Un antiquaire bigle,
A travers sa bésicle,
A chercher quelque sigle
Sur un vieux médaillon ;
L'amateur de peinture
Préfère à la nature
Une caricature
Peinte sur un haillon ;

Et l'autographomane,
Et le bibliomane,
Tout ce qui rime en — *ane* ;
Tout collectionneur
Qui, quand il est des roses
Chaque matin écloses,
Se fait, de vieilles choses,
Quelque puant bonheur ;

L'amoureux, — le fou pire,
Qui nuit et jour soupire,
Et quelque fois expire
Pour un ange déchu ;
Le bon mari qui guette
Sa moitié trop coquette
Alors qu'elle s'apprête
A le faire... c-u ;

Le jeune homme irascible
Qui va servir de cible,
Pour paraître terrible,
A quelque spadassin
Qui, pour une vétille,
Une mauvaise fille,
D'un père de famille
Risque d'être assassin ;

Le niais qui s'escrime
A torturer la rime,

Et qui prend pour sublime
Un futile ornement,
Sans voir que poésie
Est piquette moisie
Et non pas ambroisie
Quand faut le sentiment ;

Lui-même, le poète,
Quand, en vain, il s'entête
A suivre dans sa tête,
Loin du jour et du bruit,
Cervelle mal bridée,
Quelque folâtre idée,
Beauté peu décidée
A se rendre, et qui fuit :

Tout cela se croit sage...
Vous même aussi, je gage,
Qui lisez, — à votre âge !
Ce tas de mauvais vers ?...

— Mais ma Muse caquette
Et dit que, fors la bête,
Nous avons tous la tête
Quelque peu de travers.

5 Avril.

5.

TRIOLET.

Pierrot, qui ne sait que rimer,
Passe pour un poète à l'aise ;
Mais moi, que n'a pas su charmer
Pierrot qui ne sait que rimer,
Je le veux, dût-on m'abîmer,
A l'école, ne lui déplaise.
Pierrot qui ne sait que rimer
Passe pour un poète à l'aise.

15 Mars.

DOUBLE TRIOLET.

Des triolets vides de sens !
La chose est trop facile à faire !
On court au hasard en tout sens.
Des triolets vides de sens !
Je les vendrais par demi-cents.
Qu'ils aillent se faire lanlaire !

Mais pour oser couvrir d'encens
Des triolets vides de sens,
Il faut avoir perdu le sens,
Car ici la preuve en est claire.
Des triolets vides de sens !
La chose est trop facile à faire.

15 Mars.

TRIOLET A RIME RICHE

A mon ami C. Cantois

Quel grand poète que Hugo !
Encor qu'il soit trop romantique...
Moi je dis pourtant à gogo,
Quel grand poète que Hugo !
Dût-on me mettre à l'embargo,
Pour avoir parlé politique ;
Quel grand poète que Hugo !
Encor qu'il soit trop romantique.

2 Avril.

BALANÇOIRE.

Si Banville devenait fleur,

Sa corolle bien découpée
Serait richement estompée
D'une vive et chaude couleur ;
Mais, la laisssant monter en graine,
Le moindre vulgaire rimeur
Aurait des rejetons sans peine...
Si Banville devenait fleur.

Si Banville devenait fleur,
Ce ne serait pas Immortelle ,

Ce serait fleur artificielle,
Coton, sans âme et sans odeur ;
Fleur froide, fardée et coquette :
Aux dames du Château-des-Fleurs,
Moi, j'en ferais un tour-de-tête !...
Si Banville devenait fleur.

Si Banville devenait fleur,
Il serait sur la cheminée,
D'un Mameluck-pendule ornée,
Qu'à dépeinte un maître railleur (1),
Entre le portrait de Prudhomme,
Et le fameux sabre d'honneur,
Le plus beau jour de ce grand homme...
Si Banville devenait fleur.

15 Mars.

(1) *L'Épicier.* (BALZAC.)

ÉPILOGUE

Or, un jour, un clown effronté,
Et de pied en cap pailleté
Des oripeaux du moyen-âge,
Renouvelant les anciens tours
Dédaignés depuis bien des jours,
Dans Paris entier faisait rage.

Sur la corde il cabriolait,
En main tenant un Richelet,
Ce balancier de l'impuissance.
Le public stupide, épaté
De cette fausse agilité,
L'applaudissait à toute outrance.

Et comme à chaque tour nouveau
Ceux qui voyaient clair, d'un bravo
Lui faisaient l'aumône banale,
Insolent, il nous narguait tous,
Disant : — « Est-il donc parmi vous,
Est-il un sauteur qui m'égale?... (1)

Et paillasse enivré, d'un bond,
S'élançait jusques au plafond,
Menaçant de crever les toiles ;
Il croyait qu'il allait voler,
Lui, saltimbanque, et se rouler
Dans les cieux parmi les étoiles'! (2)

(1) Il s'élevait à des hauteurs
    Telles, que les autres sauteurs
    Se consumaient en luttes vaines.

(Odes funambulesques.)

(2) Enfin de son vil échafaud,
    Le clown sauta si haut, si haut,
    Qu'il creva le plafond de toiles
    Au son du cor et du tambour,
    Et le cœur dévoré d'amour,
    Alla rouler dans les étoiles.

(Odes funambulesques.)

Mais par malheur, un inconnu,
Un sceptique, *un premier venu*,
En regardant bien vit, qu'en somme,
Avec beaucoup de soin cachés,
Des fils à la voûte attachés
Soutenaient seuls notre habile homme ;

Et comme d'un air de défi
Il criait, d'orgueil tout bouffi,
Des aîles ! des aîles ! des aîles ! (1)
Soudain sur le nez d'un badaud
Le clown tomba comme un lourdaud.
Le plaisant coupait les ficelles.

20 Mars.

(1) Des aîles ! des aîles ! des aîles !
(Odes funambulesques.)

CONCLUSION

J'ai lu des odelines

     Très fines,
     Divines,

Dit-on,... Mais dont l'auteur,

     Rimeur
     Sans peur

Et non pas sans reproche,

     Accroche,
     Embroche

Des mots sans suite, et court

Nuit, jour,

Autour

De quelque tour de force,

Amorce,

Qu'il force

Dans un rythme cherché,

Maché,

Haché.

J'ai dit : — Muse frivole

Et folle,

Qui vole

Si haut, et n'a voulu,

Ou pu,

Ou su

Enfermer sa pensée,

Censée

Sensée

Dans quelques vers plus mûrs,

Plus purs,

Moins durs.

J'ai déclaré ce mode,

Méthode

Commode ;

Aussitôt on m'a dit

Esprit

Petit,

Trouvant le difficile

Facile.

Ma bile

S'est échauffée, et j'ai

Songé,

Forgé,

Et pour prouver la chose

Qui cause

Ma glose,

De bonne volonté

Tâté,

Tenté

Sur ma lyre encor neuve,

L'épreuve ;

La preuve

La meilleure est un fait.

De fait,

C'est fait.

Donc, c'est facile crime

Qu'escrime

De rime.

6.

Ma verve à qui nîra,

Crîra :
Raca !

18 Mars

POST-SCRIPTUM

A un rimeur riche

Puisque tu peux te plaindre, *O Maître !*
Que je rime trop sim*plement,*
Je vais, sans m'en tenir *au mètre,*
Rimer quelques vers doub*lement.*

Et même ainsi, je dis *commode,*
En vers comme cela *rimés,*
De nous faire passer *comme ode*
De vains mots de force *arrimés,*

Où le lecteur cherche à *grand peine*

Un sens, dont a le bon *goût ri*,

Et qui se trémousse, âme *en peine*,

Sans sortir de l'amphi*gouri*.

Au diable donc la *sotte école !*

(On dit : — « Les raisins *en sont vers !* »)

Qui sur la corde *saute, et colle*

Tant de chevilles *en son verts*.

Trop verts ! non pas, car *je m'amuse*

En fin maillot, sans *pantalon* ;

Mais aussi quitté-*je ma Muse*

Pour le tremplin de *Pantalon*.

Respectons-la ; pas *un mot d'elle*

Parmi cet excen*trique écart ;*

Elle ne veut pas d'*un modèle*
Sur ce patron *étriqué, car*

Elle est libre, elle s'*effarouche*
A voir de loin un *Richelet* ;
Elle est large, ardente *et farouche*,
Et dit un vers trop *riche*, laid.

5 Avril.

FIN

TABLE

Branche de houx.   v
Prologue   1
Odeline première   3
   — deuxième   6
   — troisième   9
   — quatrième 14
   — cinquième 16
   — sixième 19
   — septième 22
   — huitième 26
   — neuvième 29
Triolet 34
Double Triolet 35
Triolet à rime riche 36
Balançoire. 37
Epilogue 39
Conclusion 42
Post-scriptum 47

Paris. — Typographie Moquet, rue de la Harpe, 92.

www.ingramcontent.com/pod-product-compliance
Ingram Content Group UK Ltd.
Pitfield, Milton Keynes, MK11 3LW, UK
UKHW021645130726
13696UKWH00004B/1425